Снаркаловы

Прападаньне ў васьмі сіпевах[1]

Снаркаловы

ПРАПАДАНЬНЕ
ў васьмі сіпевах

The Hunting of the Snark in Belarusian

Напісаў
Льюіс Кэрал

Ілюстраваў
Генры Голідэй

Пераклаў на беларускую мову
Макс Шчур

evertype

2024

Выдавецтва/*Published by* Evertype, 19A Corso Street, Dundee, DD2 1DR, Scotland.
www.evertype.com.

Снаркаловы: Прападаньне ў васьмі сіневах (*Snarkalovy: Prapadan'ne ŭ vas'mi sipevakh*).
Назва твора ў арыгінале/*Original title*: *The Hunting of the Snark: An Agony in Eight Fits*.
Аўтар/*Author*: *Льюіс Кэрал*/Lewis Carroll.

Пераклад/*This translation* © 2024 г. Макс Шчур/*Max Ščur*.
Выдавец/*This edition* © 2024 г. *Майкл Эвэрсан*/Michael Everson.

Рэдактар/*Editor*: Юрась Бушлякоў/*Yuras' Bushliakou*.

Выданьне першае/*First edition* 2024 г.

Каталягізацыйны запіс гэтай кнігі даступны ў Брытанскай бібліятэцы.
A catalogue record for this book is available from the British Library.

ISBN-10 1-78201-158-7
ISBN-13 978-1-78201-158-3

Гарнітуры De Vinne Text, Mona Lisa, ENGRAVERS' ROMAN, і *Liberty* распрацаваў Майкл
Эвэрсан.
Typeset in De Vinne Text, Mona Lisa, ENGRAVERS' ROMAN, *and Liberty by* Michael
Everson.

Ілюстрацыі/*Illustrations*: *Генры Голідэй*/Henry Holiday, 1876.

Вокладка/*Cover*: *Майкл Эвэрсан*/Michael Everson.

Уступнае слова

Паэма «Снаркаловы» («The Hunting of the Snark») была ўпершыню апублікаваная ў 1876 годзе, праз адзінаццаць гадоў пасьля «Алесіных прыгодаў у Цудазем'і» і праз чатыры гады пасьля кнігі «На тым баку Люстра». Гэты шэдэўр абсурду зьвязаны зь «Люстрам» тым, што выкарыстоўвае словы зь верша «Жабавокі».

«Снаркаловы» — надзіва змрочная паэма, і асобныя крытыкі мяркуюць, што яе тэмы (вар'яцтва і сьмерць) залішне дарослыя для дзіцячай літаратуры. Тым ня менш, мы ведаем, што Кэрал пісаў паэму з тым, каб яна спадабалася дзецям: твор нясе акраверш-прысьвячэньне аўтаравай малалетняй сяброўцы Гертрудзе Чатэўэй, а яшчэ 80 асобнікаў кнігі Кэрал падараваў сваім юным чытачам з аўтографам. Многія зь ягоных дароўных надпісаў таксама зробленыя ў форме акраверша, што ўтрымлівае імя дзіцяці, якому прызначалася кніга.

Неад'емным складнікам асалоды ад чытаньня паэмы ёсьць непазьбежны роздум над яе сэнсам. Самога аўтара неаднаразова прасілі патлумачыць, пра што гэты твор, на што ён нязьменна адказваў: «Ня ведаю». У цудоўнай кнізе

«Снаркаловы з анатацыямі» Марцін Гарднэр цытуе некалькі прыкладаў такіх адказаў Кэрала:

- На ўсе падобныя пытаньні ў мяне адзін адказ: „*Ня ведаю!*"»
- Ты ж, спадзяюся, ведаеш, што такое Снарк? Калі так, то паведамі гэта мне, калі ласка: я ня маю найменшага паняцьця, як ён выглядае.
- «Чаму вы не патлумачыце „Снаркаловаў"?» ... Дазвольце мне даць адказ — «бо не магу». А вы здольныя патлумачыць нешта, чаго самі не разумееце?
- Наконт зьместу «Снаркаловаў»? Баюся, я не зьмясьціў у іх нічога, апроч бязглузьдзіцы!
- Адным сонечным летнім дзяньком я ў самоце ішоў па схіле пагорку, і тут у маёй галаве прагучаў вершаваны — і такі ж самотны — радок: «Бо і праўда, *быў* Буджумам Снарк». Я не зразумеў яго тады, як не разумею і цяпер, але занатаваў: а празь нейкі час сам сабою дапрыдумаўся слупок, у якім згаданы радок быў апошнім: і гэтак жа, паступова, у самыя нечаканыя моманты, на працягу наступных года-двух у мяне дапрыдумалася ўся паэма, у якой згаданы слупок быў апошнім.

Што ж... аўтар сказаў нам больш чым тройчы. Значыць, ён не падманвае нас. Такім чынам, чытачам паэмы застаецца толькі шукаць адказ самім...

Майкл Эвэрсан
Дандзі, 14 кастрычніка 2024 г.

Lewis Carroll. 2006. *The Annotated Hunting of the Snark: The Definitive Edition.* Edited with notes by Martin Gardner, illustrations by Henry Holiday and others, introduction by Adam Gopnik. W. W. Norton. ISBN 978-0-393-06242-7.

Foreword

The Hunting of the Snark was first published in 1876, eleven years after *Alice's Adventures in Wonderland* and four years after *Through the Looking-Glass*. It is a masterpiece of nonsense and is connected to *Through the Looking-Glass* by its use of vocabulary from the poem *"Jabberwocky"*.

The Hunting of the Snark is a strangely dark poem, and some critics believe that its themes—insanity and death—are rather too adult in nature for children's literature. We know, nonetheless, that Lewis Carroll intended the poem to be enjoyed by children: he dedicated the book in acrostic verse to his young friend Gertrude Chataway, and signed some 80 presentation copies to other young readers. Many of those inscriptions were in the form of an acrostic based upon the name of the child to whom the book was presented.

Part of the pleasure of reading this book *is* in the inevitable musing about what it means. Its author, often asked to explain his work, invariably replies that he does not know. In his splendid book *The Annotated Hunting of the Snark*, Martin Gardner cites several such replies by Carroll:

- For all such questions I have but one answer: *"I don't know!"*
- Of course you know what a Snark is? If you do, please tell *me*: for I haven't an idea what it is like.
- "Why don't you explain the *Snark*?" ... Let me answer it now—"because I ca'n't." Are you able to explain things which you don't yourself understand?
- As to the meaning of the *Snark*? I'm very much afraid I didn't mean anything but nonsense!
- I was walking on a hillside, alone, one bright summer day, when suddenly there came into my head one line of verse—one solitary line—"For the Snark *was* a Boojum, you see." I knew not what it meant, then: I know not what it means, now; but I wrote it down: and, sometime afterwards, the rest of the stanza occurred to me, that being its last line: and so by degrees, at odd moments during the next year or two, the rest of the poem pieced itself together, that being its last stanza.

Well... the author has told us more than thrice. So it *must* be true. It is therefore open to readers of the poem to decide the question for themselves...

Michael Everson
Dundee, 14 October 2024

Carroll, Lewis. 2006. *The Annotated Hunting of the Snark: The Definitive Edition*. Edited with notes by Martin Gardner, illustrations by Henry Holiday and others, introduction by Adam Gopnik. W. W. Norton. ISBN 978-0-393-06242-7.

Прысьвячэньне [2]

Гарэзьніца ў хлапечым: раз пясочак
　　Ейны ўвесь спрыт адцягне і цікавасьць,
Раз на твае калені яна ўскочыць —
　　Ты любіш ёй расказваць.

Рупліўцы, за сур'ёзнаю работай
　　Уцехі вам ня даць малому сэрцу,
Для вас гадзіны мары бестурботнай
　　Зусім ня маюць сэнсу.

Ерэтыкі! Бай, мройніца ў хлапечым,
　　Чэрствае сэрца уратуюць жарты
Ад суму. Той шчасьлівы, хто ў малечы
　　Такой любові варты!

Эх, згадкі мілыя! Лепш не цьвяліце мрою —
　　Ў мяне шмат працы ўдзень, бяссоньне ўночы —
Экскурс на бераг той ня сьпіць са мною
　　Й лятункам засьціць вочы.

Прадмова

Калі б — а такое больш чым магчыма, — нехта захацеў зьвінаваціць аўтара гэтай кароткай, але павучальнай паэмы ў тым, што ён піша лухту, дык абвінавачаньне, як мне падказвае інтуіцыя, грунтавалася б на наступным радку (з ст. 18):

«Так бушпрыт час ад часу ўтыкаўся ў карму».

Прадчуваючы непазьбежнасьць такога балючага закіду, я ня стану (а мог бы) абурана спасылацца на іншыя свае творы, што даказваюць маю поўную няздольнасьць да пісаньня лухты: я ня стану (а мог бы) зьвяртаць увагі на магутны маральны пасыл самой паэмы, на рупліва ўкладзеныя ў яе падмуркі арытмэтычныя прынцыпы, ані на тое, што яна некарысьліва вучыць Прыродазнаўству — я лепш абяру больш празаічны шлях і проста патлумачу, як такое магло здарыцца.

Балабол, які быў папросту хваравіта чульлівы, што да зьнешняга выгляду, звычайна раз ці два на тыдзень загадваў здымаць з карабля бушпрыт на пералякіроўку, а калі трэба было вяртаць яго на месца, дык нярэдка здаралася, што ніхто з каманды ня мог прыгадаць, на каторым з канцоў карабля гэтае месца знаходзіцца. Маракі ведалі, што зьвяртацца ў гэтым пытаньні да Балабола ня мела найменшага сэнсу — той пачаў бы адсылаць іх да свайго Морскага Ўставу, зачытваць патэтычным тонам Інструкцыі Адміралцейства, якіх ніводны з снаркаловаў яшчэ ні разу ня здолеў зразумець — так што збольшага ўсё заканчвалася тым, што яны сяк-так накасяк прымайстроўвалі бушпрыт да кармы. Стырнавы* толькі стаяў побач са сьлязьмі ўваччу: ён ведаў, што трэба зусім ня так, але ж авохці! Пункт 42 Уставу, «*Нікому ня лезьці з размовамі да чалавека ля стырна*», Балабол асабіста дапоўніў словамі: «*І чалавеку ля стырна ні да каго ня лезьці з размовамі*». Таму запярэчыць ім стырнавы ня мог, як ня мог ані па-людзку стырнаваць ажно да самага дня чарговай пераляк іроўкі. Цягам гэтых скандальна доўгіх перапынкаў карабель звычайна плыў задам наперад.

Як што гэтая паэма ў пэўнай ступені зьвязаная з балядай пра Жабавокага, дазвольце мне тут скарыстаць з нагоды адказаць на пытаньне, якое мне часта задаюць, а менавіта — як трэба вымаўляць «рысы барзюкі». «Р» у «рысы» — зацьвярдзелае, як у слове «рыса»; а «барзюкі» вымаўляйце так, каб рыфмавалася з «барсукі». Зноў-такі, першая галосная ў «барзюкі» гучыць гэтак жа, як «а» ў слове «хабар». Я чуў, як некаторыя спрабавалі вымавіць яе як «а» ў слове «ганьба». Да чаго даходзіць Людзкое Збачэнства.

Выглядае, што тут будзе дарэчнай зацемка і пра іншыя цяжкія словы ў балядзе. Тэорыя Яўпата Няўпада пра два

---

* Гэты абавязак звычайна выконваў Боташавец, які такім чынам ратаваўся ад несупынных скаргаў Булачніка на тое, што ягоныя тры пары чорных лякіраваных ботаў недастаткова зіхцяць.

значэньні, запакаваныя ў адным слове, нібы ў валізе з двайным дном, здаецца мне слушным тлумачэньнем усіх падобных выпадкаў.

Прыкладам, возьмем словы «пачварны» і «пахмурны». Пастаўце сабе задачу вымавіць абодва словы, але не вызначайце, каторае зь іх вы скажаце першым. Цяпер адкрыйце рот і прамоўце. Калі вашыя думкі хоць крышку адхіляцца ў бок «пачварнага», то вы скажаце «пачварна-пахмурны»; а калі яны хоць на каліўца памкнуцца ў бок «пахмурнага», дык вы скажаце «пахмурна-пачварны»; але ж калі вы маеце той надзвычай рэдкі талент, які завецца дасканалай разумовай ураўнаважанасьцю, вы скажаце «пачмурны».

Уявім, што, пачуўшы вядомыя словы Пістоля —

«Каторага караля, убогі? Кажы, ці памрэш!»,

судзьдзя Шэлаў (упэўнены, што караля зваць ці то Ўільям, ці то Рычард) ня здолеў бы ані прыпомніць імя караля, ані аддаць першынство аднаму імені перад другім, — няма сумневу, што ў такім разе, каб захаваць сабе жыцьцё, ён адным дыхам выгукнуў бы «Рылч'ям!»

Льюіс Кэрал

ЗЬМЕСТ

Сіпеў I

Высадка

Высадка

«Тут нам трапіцца Снарк!», у кірунку зямлі[3]
    пальцы выцягнуў Балабол,[4]
і дэсант, што вісеў на іх за касмылі,
    асьцярожна зьехаў на дол.[5]

«Тут нам трапіцца Снарк! Двойчы вымавіць сказ —
    падбадзёрыць каманду ўдвая.
Тут нам трапіцца Снарк! Я сказаў трэці раз —
    значыць, вас не падманваю я!»[6]

Экспэдыцыя ў зборы: тут Боташавец,

Бакаляўр, у юстыцыі спэц

(каб астатніх мірыць), тут Бэрэтчык-кравец,[7]

тут і Брокер, ацэншчык-купец.

Тут наўдачу маніўся Більярдны Маркёр

зьнесьці болей за ўнесены пай,[8]

ды Бухгальтар (што сам іх, як ліпку, абдзёр)

кожны цэнт пільнаваў: «Не чапай!»

Тут Бабёр мераў палубу крокам сваім

ці на носе сплятаў матузкі,

і нібы шмат разоў праявіў гераізм —

Балабол адзін ведаў, які.

Тут яшчэ адзін — той, што пра свой гардэроб

не згадаў, калі рушыў на трап:

парасон там, гадзіньнік, шмат розных аздоб —

не забыць столькі рэчаў патрап!

Сорак два чамаданы з пазнакай імя[9]

ён з сабою прыпёр у ваяж —

каб пра гэта хтось ведаў, яго акрамя,

не застаўся б на пляжы багаж.

А ён сам — і ні лыс! На ім сем столак рыз,

па тры боты на кожнай назе —

ды забыў ён імя, што, апроч тых валіз,

не даўмеўся пазначыць нідзе.

Адгукаўся на «Гэй!», «Не дурэй!», на «Скарэй!»,

«Гэта, чуеш!», на «Я табе дам!»,

на «Падай мне парык!» — на любы гучны крык,

і найбольш на «Ну як цябе там!»

Праўда, іншым карціць падагнаць, нахаміць —

і для тых меў ён свой псэўданім.

Той, хто зь ім сябраваў, «Кнот» яго называў,

а хто не — быў ён «Сырнікам» ім.

«Спрыт ягоны ня велькі — » (казаў Балабол),

«і ў яго замалыя глузды,

толькі мужнасьцю й дзёрзкасьцю ён — ну арол,

а на Снарка бязь іх — нікуды».

Ён заўжды жартаўліва ківаў галавой,

злых гіенаў заўважыўшы ледзь,

і зь мядзьведзем гуляў па сьцяжыне лясной,

каб адзін не баяўся мядзьведзь.

Ён наняўся як Булачнік — праўда, яшчэ

(Балабол не забіў ледзь яго)

не сказаў, што адно караваі пячэ,

а пячы не было іх з чаго.

Заслугоўвае згадкі й апошні марак —

поўны дурань, які, адылі,

меў адну толькі думку, і думкай быў «Снарк»:

дурня тут жа на борт прынялі.[10]

Ён, маўляў, Быкабой — ды праз тыдзень прызнаў,

што Баброў рэжа на сьвежыну.

Балабол зь пераляку вады ў рот набраў

і нібыта язык праглынуў.

А пасьля апавёў, што тут ёсьць пасажыр —

ім прыручаны свойскі Бабёр,

і наўрад ці б ён сам, Балабол, перажыў,

калі б той нечакана памёр.

Сам Бабёр улавіў іхнай гутаркі ніць,

і зьявіліся сьлёзы ўваччу —

нат, маўляў, дзеля радасьці Снарка злавіць

галавой налажыць не хачу!

Ён настойваў, каб ён і спадар Бабрабой

на асобных плылі караблях.

Балабол запярэчыў: задумы такой

мы ня мелі, плянуючы шлях!

Кіраваць звышскладана ў любую пару

нат адным караблём усяго!

А таму ён, на жаль, адмаўляе Бабру

ў фрахтаваньні яшчэ аднаго.

Даў Бабру раду Булачнік: хай апране

камізэльку, што нож не бярэ.

А Бухгальтар: «Хай купіць страхоўку ў мяне

на той раз, калі ўсё-ткі памрэ».

На разумных умовах салідны тавар

прапаноўваў Бабру казнакрат:

першы поліс — калі б распачаўся пажар,

а другі — калі б высыпаў град.

Ды Бабёр з таго дня стаў да ўсіх халадзець,

а як міма ішоў Бабрабой,

то ў той бок намагаўся зусім не глядзець

і сядзеў, як грызун пад мятлой.

Сіпеў II
Балаболава прамова

Балаболава прамова

Балабол для каманды быў сьветач і бог —
    во дзе грацыя, спрыт! А пастаць!
Колькі годнасьці ў ім! А ў шляхотных вачох —
    колькі мудрасьці! Не перадаць!

Ён прыдбаў сабе мапу марацкую, дзе
    не было ані сьледу зямлі —
мараплаўцы чыталі яе па чарзе
    й начытацца ніяк не маглі.

«Напрыдумваў Мэркатар: полюс, тропік, экватар!»,

    ім крычаў Балабол. «Што з таго?»

Падтрымаў экіпаж: «Сапраўды, ойча наш!

    Гэта ўмоўныя знакі ўсяго!

«Хтось на мапу б нанёс выспаў, мысаў хаос!

    А вось наш Балабол-капітан

не пасквапіўся, каб мець найлепшую з мап,

    на якой толькі сам акіян!»

Што матросу зямля? Той заявы пасьля

    капітан скора страціў пашану,

то ж бо ўсім, у чым ён разьбіраўся, быў звон —

    ён званом грукацеў апантана.

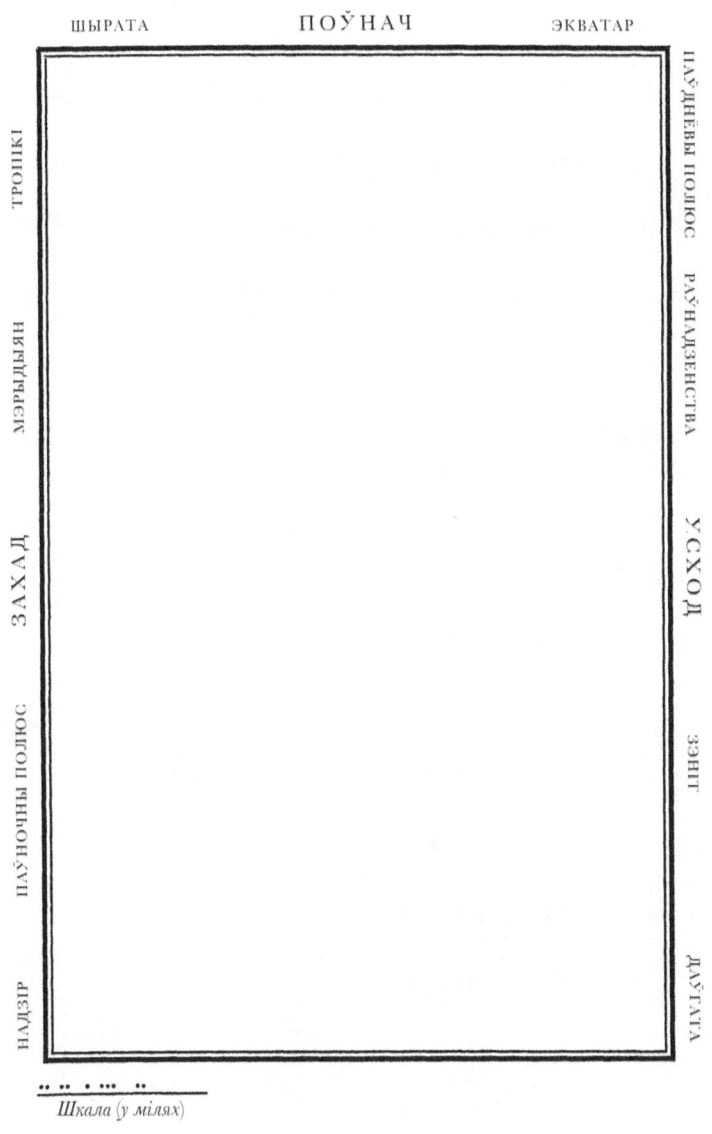

ШЫРАТА   ПОЎНАЧ   ЭКВАТАР

ПАЎДНЁВЫ ПОЛЮС   РАЎНАДЗЕНСТВА   УСХОД   ЗЭНІТ   ДАЎГАТА

ТРОПІКІ   МЭРЫДЫЯН   ЗАХАД   ПАЎНОЧНЫ ПОЛЮС   НАДЗІР

Шкала (у мілях)

МАПА АКІЯНУ

Мудра ён кіраваў — ды загады даваў,

    што ня йшлі іншым да галавы.

Крыкне: «Права руля — ўлева нос карабля!»

    Што павінен рабіць стырнавы?

Так бушпрыт час ад часу ўтыкаўся ў карму —

    «Так бывае,» казаў пустазвон,

«у трапічных краях (хто б паверыў яму?),

    калі Снарку плывеш наўздагон».

Ані ў мачту, ні ў ветразь матросы ня вераць,

    Балабол у адчаі кляне:

«Вецер гоніць да Ўсходу — на Захад мы ходу!

    Карабель ігнаруе мяне!»

Ды мітрэнгі прайшлі — і да нейкай зямлі

разам з трантамі брыг іх давёз,

хоць сьпярша экіпаж не натхніў антураж,

дзе наўкол — спрэс цясьніна ды ўцёс.

Балабол запрыкмеціў, што нікне іх дух,

і сьпяяў ім дрындушак старых

(што прыпас адмыслова на час нескладух),

ды ў адказ чуў ня сьмех — толькі рык.

Ён спагадна па чарцы ім грогу раздаў,

рассадзіў на ўзьбярэжжы вакол:

зноўку велічна ў іх уваччу выглядаў

і прамовай грымеў Балабол.

«Вам кажу, землякі, грамадзяне, сябры!»[11]

    (Маракі давералі цытатам

і па чарцы ўзялі за яго разы тры —

    Балабол падліваў ім, паддатым.)

«Мы шмат тыдняў і месяцаў з вамі плылі

    (па чатыры у месяцы тыдні),

але Снарка пакуль анідзе не знайшлі —

    невідочны ён, хоць не нявідны.

«Мы ў дарозе шмат тыдняў і шчэ болей дзён

    (па сем дзён, нагадаю, у тыдні),

ды застаўся наш Снарк для вачэй невідзён,

    хоць ён з выгляду і не агідны!

«Дык прачысьцеце слых: паўтараю для ўсіх
я прыкметы (якіх толькі пяць).
Калі не прасьпіце — на любой шыраце
вы здалееце Снарка пазнаць.

«Першым чынам, пра смак мушу я паясьніць:
Снарк нішчымны, але храбусткі,
бы плашчы, што вузеюць ніжэй паясьніц,
ці яшчэ — як з балот аганькі.

«Па-другое, ён з шэрагу жудасных сонь —
уявеце, скажу я вам ледзь,
што а пятай гарбатаю сьнедае ён,
а вячэру ўжо раніцай есьць.

«Трэцім чынам, крый бог, не жартуйце вы зь ім —

    як дасьціпнік ён роўны нулю.

Снарк вас зьнішчыць суровым паглядам сваім,

    толькі словаў пачуе гульню.

«Знак чацьвёрты: любоў да купальных вазкоў.[12]

    Снарк заўжды з сабой цягне адзін —

ён бязь іх не ўяўляе марскіх абразкоў,

    хай мы коса на гэта глядзім.

«Пяты знак — засяроджанасьць.[13] Нельга мяшаць

    у адзін іх прыродны падкляс,

каб адрозьніць пярнатых, што любяць кусаць,

    ад вусатых, што драпаюць вас.

«Снарк звычайны ня будзе вас крыўдзіць знарок,

ды замоўчаць я б вам не здалеў:

ёсьць і Буджумы-Снаркі — » Прамоўца замоўк,

бо тут Булачнік раптам самлеў.

Сіпеў III
Аповед Булачніка

Аповед Булачніка

Тармасілі яго кексам, сочывам, льдом

    і гарчыцай з салатаю-крэс,

і загадкі загадвалі ўсе заразом,

    каб, маўляў, не дурэў і ўваскрэс.

Ачуняўшы, сказаў ён: «Пацешыць карціць

    мне аповедам сумным усіх».

Балабол усхадзіўся: «Замоўкніце! Цыц!»

    і званіў, покуль кожны ня сьціх.

Цішыня — бы аглух! Жадны крык, жадны рух

(толькі хтосьці раз-пораз зароў) —

і спадар «Як цябе» апавёў пра сябе

галаском дапатопных зьвяроў.

«Гаравалі руплівцы-бацькі — » Балабол

абарваў: «Пра бацькоў прапусьці!

Бо як стане цямнець — можам і не пасьпець

за размовамі Снарка знайсьці!»

«Сорак год прапушчу,» выцер сьлёзы ўваччу

скрушны Булачнік, «і раскажу,

што я ўведаў, калі вы мяне нанялі

плыць па Снарка за сьвету мяжу.

«Дзядзька мой, у чый гонар я хрышчаны быў,[14]

    разьвітаўся пяшчотна са мной — »

«Дзядзьку выкінь!» зароў Балабол, анібы

    ашалелы ў звон лупячы свой.

«Ён прамовіў,» аднак жа працягваў бядак:

    „Прывязі ты, што б там ні было,

таго Снарка дамоў — зварым зь ім буракоў

    і ад скуры запалім сьвятло.

„Клапатліва напарсткамі Снарка прынадзь,

    І відэльцам, і процьмай надзей,

і ў чыгуначны трэст пагразіся прыняць —

    мылам, сьмехам аблытай барзьдзей!“»

("Так і трэба!» у дужках крычыць капітан —

я ўстаўляю іх тут мімаходзь —

«Так казалі і мне, каб і я паспытаў

шчасьця Снарку накінуць аброць!»)

«„Толькі, гласны[15] пляменьнік мой, крый цябе бог

Снарка-Буджума неяк спаткаць!

Ад сустрэчы такой паступова б ты мог

назаўсёды ў паветры растаць!"

«Тыя словы апошнія дзядзькі майго

мне душу несупынна гнятуць.

Кроў у мне закіпае, нібы малако,

і ўздымае ў мазгох каламуць!

«Тыя словы — » «Паўторна пра іх ты вярзеш!»

нагадаць Балабол не міне.

Толькі Булачнік: «Зноў паўтару, тым ня менш:

тыя словы жахаюць мяне.

«Штоначы мяне Снарк перасьледуе ў снах —

я на бой выклікаю яго

і ў любую пару з буракамі вару,

выкрасаю са скуры агонь.

«А вось Буджума-Снарка баюся спаткаць,

бо (сумневаў няма) у той міг

назаўсёды ў паветры я мушу растаць —

З тым зьмірыцца — ня ў сілах маіх!»

Сіпеў IV

Паляваньне

Паляваньне

Спахмурнеў Балабол, як умеюць сычы:

«Ці ж нагоды раней не было

ў тым прызнацца? Прачнуўся, калі ўжо, лічы,

Снарк у нашае трапіў сіло!

«Ты б пачуў наш усхліп, безумоўна, калі б

у паветры растаў назаўжды —

ды, гаротны ты наш, як наймаўся ў в#ваяж —

намякнуў бы, прынамсі, тады!

«Ці ж раней ты прызнацца ня мог усім нам?

Гэта я ўжо казаў, адылі — »

Толькі «Як цябе там» прысягнуў сябрукам:

«Я казаў перш, чым мы адплылі!

«Я, магчыма, забойца і поўны баран,

(час ад часу мы ўсе бараны),

ды каб я на душу грэх няшчырасьці браў —

тут ня меў і ня маю віны!

«Я сказаў, як сказалі б Майсей ці Эсфір,

як Сьпіноза, як Кант, як Гамэр —

ды забыў, што гаворыце вы, як Шэксьпір!

(І пра гэта шкадую цяпер.)»

Балабол яму: «Вельмі шчымлівы расказ,»

    (бровы ўзьняў ён за неба вышэй),

«ды цяпер, калі ты ашчасьлівіў ім нас,

    не тлумі болей нашых вушэй.

«Я прамову сваю дакажу да канца,

    калі ўздумаю,» ён абнадзеіў,

«але Снарк ужо зараз бяжыць на лаўца!

    Справа гонару — высачыць, дзе ён!

«Клапатліва, з напарсткамі Снарка цкаваць,

    і зь відэльцам, і з процьмай надзей,

і чыгуначным трэстам яму пагражаць

    пачынайце як мага барзьдзей!

«Снарк — істота адметная, ён не дае,

    каб злавіў яго кожны чаўпень!

Прыкладзіце ўсе веды й няведы свае,

    не спудлуйце, бо сёньня — ваш дзень!

«Дый Радзіма чакае — між іншым дадам

    згодна з фразай крылатай старой.

Распакуйце ўсе рэчы, патрэбныя вам,

    каб узброіцца добра на бой!»

Тут Бухгальтар хутчэй падпісаў б'янка-чэк,

    абмяняў на банкноты грашы.

Прычасаў «Як цябе» валасы на губе

    і нат вопратку прыхарашыў.

Брокер з Боташаўцом узяліся гастрыць

    жалязьняк аб валун, па чарзе —

а Бабёр матузкі плёў, як мокрадзь гарыць,

    без імпэту, як і кагадзе.

Бакаляўр казыраў сваім веданьнем праў,

    ды дарэмна мянціў языком,

што істоты з ракі, плетучы матузкі,

    парушаюць закон часьцяком.

Неўтаймоўны Бэрэтчык абдумваў, які

вузел мецьмуць банты-матылі,

а Більярдны Маркёр кончык носу, як кій,

неслухмянай рукой набяліў.

Бабрабой і жабо нацягнуў, як фацэт,

і пальчаткі, астатнім на зьдзіў,

ды сказаў: «Я ў гуморы. Хадзем на фуршэт!»

Балабол толькі носам круціў.

«Як сустрэнем мы Снарка, то будзь сябруком

і прадстаў мяне гэтаму цуду!»

Балабол адказаў з двухсэнсоўным кіўком:

«Як надвор'е дазволіць — то буду.»

Аж затанчыў Бабёр, як у бок той зірнуў:

парахманеў няўзнак Бабрабой!

Нават Булачнік, чуласьцю роўны бярну,

стаў паміргваць і дрыгаць губой.

«Будзь мужчынам!» як толькі данеслася «хлюп»,

Балабол раскрычаўся, як псіх.

«Калі трапіцца роспачны птах нам, Дзюбдзюб,

мужнасьць нас уратуе ўсіх!»

Сіпеў V
Баброва навука

Сіпеў пяты

Баброва навука

Клапатліва, з напарсткамі Снарка цкаваць,

і зь відэльцам, і з процьмай надзей,

і чыгуначным трэстам яму пагражаць

пачалі яны як найбарзьдзей!

Самастойна шукаць захацеў Бабрабой

і пакрочыў прачэсваць лагчыну,

дзе, як ён падлічыў, аніякай парой

анікога сустрэць немагчыма.

І Бабёр з Бабрабоем папёрся ў той бок!

    Пра намер свой абодва маўчаць.

Іх ня выдаў ні рух, ні пагляд, ні ківок,

    толькі ў твары — агіды пячаць.

Во дзе Снарк задурыў ім абодвум ілбы

    і яго ўпаляваньня прэстыж!

Кожны выгляд рабіў, не заўважыў нібы,

    што й напарнік папёрся туды ж.

Ды цямнела вакол, надыходзіў вячор,

    у цясьніну звужэла лагчына —

да Бабра Бабрабой дакрануўся плячом —

    так і йшлі, бы зрасьліся плячыма.

Раптам жудасны віскат працяў зусім блізка

    неба дзесьці па-над галавою.

Пабляднелы Бабёр з жаху ледзь не памёр,

    стала не па сабе Бабрабою.

Час дзяцінства, нявіннасьці даўнія дні

    яму выдала памяці глыб,

і праз процьму гадоў ён пачуў зь блізіні,

    як па дошчачцы грыфэль рып-рып!

«Гэта віскнуў Дзюбдзюб!», ні з таго ні зь сяго

    Бабрабой раскрычаўся ня ў час.

«Балабол бы сказаў (я скажу за яго) —

    гэта вымавіў я першы раз!»

«Паўтаруся ізноў: то Дзюбдзюб так вішчыць!

Ты ж вядзі маіх сказаў кампут.[17]

Так галосіць Дзюдзюб! Трэці раз, падлічы —

вось і доказ, што ён недзе тут!»

Скрупулёзна Бабёр вёў на пальцах падлік,

з трэцім сказам зьбялеўшы ад страху —

Бабрабой тым паставіў яго у тупік,

што сьвярбяху яго ды крыўляху.[16]

У віры шматпакутных душэўных намог

ён даўмеўся лік сказаў забыць,

і адзінае, чым памагчы сабе мог —

у мазгах усё зноў падлічыць.

«Вось на пальцах, бадай, я б зьлічыў — толькі дай!

—

колькі ў выніку два плюс адзін!»

Ён аплакваў гады, калі быў малады

і з падлікамі дружбу вадзіў.

«Мы павінны, мы можам, мы мусім зьлічыць!»

Бабрабой тут усчаў дзікі лямант.

«Мне найлепшыя з тых, што табе па плячы,

і паперу нясі, і атрамант!»

Тут і пёраў Бабёр, і паперы прыпёр,

    і атраманту ледзьве ня воз —

нат пачваркі ажно павылазілі з нор,

    бо ня бачылі гэткіх дзівос.[18]

Ды на іх Бабрабой не зважаў, бо між тым

    парай пёраў аберуч пісаў

і як мага прасьцей, ледзь ня мовай дзяцей,

    сэнс задачкі Бабру паясьняў:

«Для рахубы такой — на пісьме, да таго ж —

    лепшай лічбы за „тры" не знайсьці.

Сем плюс дзесяць на тысячу проста памнож

    І на восем усё скараці.

«Падзялі дадаткова ўсё на дзевяцьсот

    дзевяноста ты два і адкінь

ад астатку сямнаццаць — усё цот у цот!

    Сьмех важдацца з падлікам такім!

«Я з ахвотай табе растлумачыў бы ўраз,

    як да вынікаў гэткіх дайшоў,

каб была хоць хвілінка ў наяўнасьці ў нас,

    а ў цябе — хоць бы жменька глуздоў.

«Мець тут трэба чало, як маё, што змагло

    таямніцу разблытаць нялёгкую —

А цяпер без даплат (для цябе акурат)

    раскажу я пра арніталёгію!»

Вось што вёрз Бабрабой у манэры сваёй

(толькі своечасова ня скеміў ён,

што даклад без уводзін — супраць Правіл паводзін,

адпаведных чальцам Акадэміі):

«Па натуры Дзюбдзюб — вельмі роспачны птах,

ён у стрэсе страшэнным заўсёды.

Ён прафан у падборы сваіх апранах —

на гады ён наперадзе моды!

«Нічыіх не забудзецца твараў, імён,

падкупіць яго — марны спадзеў.

Як на бедных зьбіраюць, то з шапкаю ён

абыходзіць, хоць сам не кладзе.

«Што да водару — вустрыцы, яйкі ці плоў

    Не заменяць Дзюбдзюба для вас!

(Трэ хаваць яго ў амфарах зь біўняў сланоў,

    Як няма махагонавых ваз.)

«Абваляй у апілках яго, з саранчой

    патушы (будзе мяккі на зуб),

клею-солі дадай, каб любою цаной

    захаваў сымэтрычнасьць Дзюбдзюб!»

Так да раніцы б мог прамаўляць Бабрабой,

    толькі мусіў заканчваць урок:

ён зьвярнуцца хацеў да Бабра «Брат ты мой»,

    але ўсхліпнуў адно незнарок.

Хай ад шчасьця Бабёр не расплакаўся тут —

вочы выдалі, што аб прыродзе

ён даведаўся болей за дзесяць мінут,

чымся вычытаў бы за стагодзьдзе.

Як пад ручку вярнуліся, Балабол аж расчуліўся

і, пра мужнасьць забыўшы, прамовіў:

«Вось уцеха, дальбог, за шмат тыдняў трывог,

што мы ў моры зазналі, панове!»

Дружбакоў, як Бабёр з Бабрабоем, дарма

вам шукаць бы ў гісторыі собіла:

дзе адзін — там другі, лета хай ці зіма:

больш ня бачылі іх адасоблена!

А калі наставала нязгодаў пара —

непазьбежных, як нам ні нялюба —

то навекі яднаў Бабрабоя й Бабра

успамінак пра віскат Дзюбдзюба!

Сіпеў VI
Сон Бакаляўра

Сон Бакаляўра

Клапатліва, з напарсткамі Снарка цкаваць,

    і зь відэльцам, і з процьмай надзей,

і чыгуначным трэстам яму пагражаць

    не спыняўся ніводны ў той дзень.

Бакаляўр-адвакат, што астрогу прасіў

    для Бабра за яго матузкі,

задрамаў і прысьніў, як жывога зусім,

    Снарка, думаў ня раз аб якім.

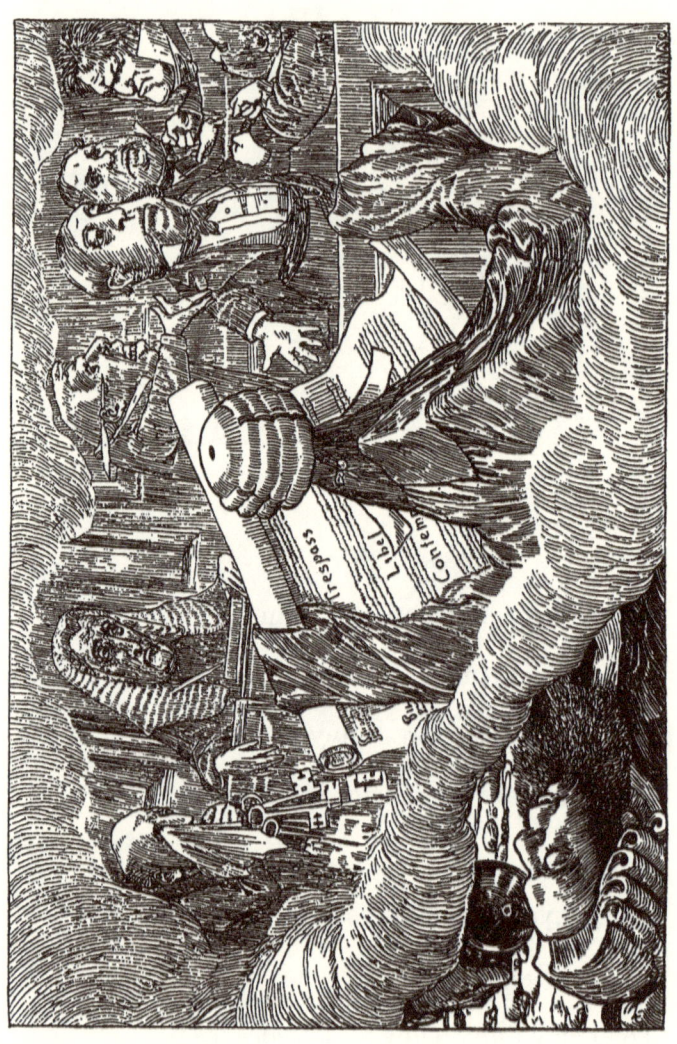

Ён нібыта ў судзе, разьбіральніцтва йдзе —

пры маноклі, у строі судовым

Снарк бароніць сьвіньню: ставяць ёй у віну,

што ўцякла з хляўчука з-пад аховы.

Сьведка кляўся, што так і было, то ж бо хлеў

ён знайшоў абсалютна пустым,

а Судзьдзя манатонна пад вусы бубнеў,

што закон разумее пад тым.

Быў заблытаным вынік судовага дня:

Снарк спрачаўся ня менш трох гадзін,

толькі што насамрэч учыніла сьвіньня,

разумеў да канца ён адзін.

У мазгох засядацеляў быў разнабой

(пракурор таямніча маўчаў):

усе разам гулі, і ніхто за сабой

не пачуў, што хто іншы крычаў.

На заўвагу Судзьдзі Снарк гарлаў: «Не дудзі!

Кодэкс брэша твой веку спакон!

У памыйку яго! Тут ключом да ўсяго,

без сумневу, салічны закон![19]

«Што да здрады сьвіньні, то прызнаць я гатоў:

паспрыяла, але не падзуджвала.

А з банкруцтвам — даўно ўжо была б „без даўгоў",

калі б Вашаць сумленна падсуджвала!

«Дэзэртырства — ну так, уцякла, ды нідзе

    ў гэтым ейнай віны не прызналі бы

(што да меншых судовых выдаткаў вядзе),

    бо ў сьвіньні ёсьць жалезнае алібі.

«Ейны лёс ад прысяжных залежыць цяпер,»

    з тым Снарк слова Судзьдзю перадаў,

каб Судзьдзя на падставе судовых папер

    справу коратка падсумаваў.

Ды сумеўся Судзьдзя і сумбур праявіў —

    Снарк зьлічыў за яго так удала,

ажна ў суме сьвіньня мела болей правін,

    чым са Сьведкавых слоў выплывала!

Час прысяжным настаў агалошваць вэрдыкт —

 прачытаць не змаглі яны слоўца,

што было зацяжкім для галоваў цьвярдых:

 хай, чытае, маўляў, абаронца.

Снарк надзвычай стаміўся за дзень, адылі

 абвясьціў урачыста і важна:

«ВІНАВАТАЯ!» — Лаўнікі шчасна гулі,

 некаторыя млеючы ажна.

Страціў мову Судзьдзя недзе ў той сумятні —

 Снарк устаў, каб прысуд зачытаць.

Нават піск камарыны ў нямой цішыні,

 бы ўначы, быў выразна чуваць.

«Пакараць пажыцьцёвым выгнаньнем сьвіньню

ды спагнаць яшчэ сорак гінеяў!»[20]

Лава ў скокі! Ды тут свой уласны прысуд

сам Судзьдзя абвясьціў «ахінеяй».

А турэмшчык, гатовы ад жалю завыць,

радасьць іхную зьвесткай суняў,

што ня ўступіць у сілу прысуд, мусібыць,

бо даўно ўжо памёрла сьвіньня.

Суд пакінуў Судзьдзя вельмі незадаволены —

толькі Снарк, хоць і духам панік,

да канца бараніў права свойскай жывёліны,

пераходзячы з шэпту на крык.

Вось што сьніў Бакаляўр, ды ўвушшу спакваля

    какафонія гукаў мацнела:

гэтак скончыўся сон, бо над вухам у звон

    Балабол малаціў ашалела.[21]

Сіпеў VII
Лёс Бухгальтара

Лёс Бухгальтара

Клапатліва, з напарсткамі Снарка цкаваць,
   і зь відэльцам, і з процьмай надзей,
і чыгуначным трэстам яму пагражаць
   не спыняўся ніводны ў той дзень.

Нат Бухгальтар апінію рэшты абверг
   (быў ніякі зь яго сьледапыт),
калі Снарка высочваць раптоўна пабег
   невядома куды — наўскапыт.

Ён напарсткі старанна ўжываў, як і ўсе,

    толькі раптам — крычы не крычы —

завішчаў: наляцеў на яго Крывасек,[22]

    ад якога ніяк не ўцячы.

Прапаноўваў і зьніжку Бухгальтар, і чэк

    (на імя!), даў бы дзесяць за сем —

толькі выцягнуў шыю ў адказ Крывасек

    і шчэ больш на нябогу насеў.

Жудка сківіцамі скрыгатаў ён сваймі —

    ратаваўся Бухгальтар ад іх

то наўскач, то трушком, то бягом, то паўзком —

    але ўпаў і, зьнясілены, сьціх.

А пачвара — ўцякаць! Зноў жа наўскапыта

беглі ўсе на Бухгальтара віскі —

«Вось чаго я баяўся!», сказаў капітан,

ударуючы ў звон правадырскі.

Ён ужо быў ня той, пад чыёю пятой

утрапёна стагнаў экіпаж:

пачарнеў камандзір, а ягоны мундзір

пабялеў ад гістэрыкі аж!

І, да жаху прысутных на зборышчы тым,

Балабол, фрэнч зьмяніўшы на фрак,

намагаўся на словах паведаміць ім,

што відаць было ў твары і так.

У глыбокі шэзлёнг нечакана ён лёг

    і грымеў гульнявымі касьцямі,

і сьпяваў гэтак рыса,[23] што кожны зьмірыўся:

    капітан ні халеры ня цяміць!

Вось што ён прапяяў: «Што Бухгальтар прапаў,

    буду я турбавацца яшчэ!

Каштавала паўдня ваша нам валтузьня!

    Як сьцямнее — дык Снарк уцячэ!»

Сіпеў VIII
Растаньне

Сіпеў восьмы

Растаньне

Клапатліва, з напарсткамі Снарка цкаваць,
    і зь відэльцам, і з процьмай надзей,
і чыгуначным трэстам яму пагражаць
    спрабавалі яны й надалей.

Дзень мінаў, і пры думцы пра шэраг няўдач
    жах канца іх праймаў да касьцей —
нат Бабёр пераймаўся й пусьціўся наўскач
    на пляскатым бабрыным хвасьце.

«Цыц! Крычыць „Як цябе"!», загарлаў Балабол,

«Як шалёны крычыць, далібог!
І махае рукой, і трасе галавой —

ён ня высачыць Снарка ня мог!»

Бабрабой не паверыў уласным вачам

(«Ды ён цьвеліцца з нас, жартаўнік!»):
бравы Булачнік, мужны «Ну як цябе там»

на абрыве паблізным узьнік.

Нейкі час як тытан узвышаўся ён там,

ды раптоўна героя пастаць
бы зарвала зямля — снаркаловы здаля

сталі ўслухвацца й знаку чакаць.

«Гэта Снарк!» прагучала нязвыкла ў той міг,

быццам нехта гукнуў у трубу.

Потым сьмех пераможны данёсься да іх,

потым — роспачны крык: «Гэта Бу — »

А пасьля — цішыня. У паўсоньні нібы

улавіць яшчэ нехта здалеў

водгук « — джум» — гэта мог быць і шолах слабы,

і звычайнага брызу павеў.

Да цямна яны гузікаў, пёраў нідзе

на зямлі не знайшлі паміж дрэў —

ані знаку таго, што вось тут кагадзе

бедны Булачнік Снарка сустрэў.

Так пад сьмех, што прарочыў канец барацьбе,

на сярэдзіне слова, няўзнак,

назаўсёды ў паветры растаў «Як цябе» —

бо і праўда, быў Буджумам Снарк!

Заўвагі

1 "Прападаньне" — у арыгінале Agony: агонія, скон,
перадсьмяротныя пакуты. Тым ня менш, першапачаткова грэцкае
слова "агонія" азначае "барацьба, змаганьне". Як і бальшыня
старажытных легендаў і паданьняў, "гераічная" паэма Кэрала
прысьвечаная барацьбе са страшыдлам(і). "— у васьмі сіпевах": у
арыгінале ўжытае слова *fit*, якое некалі азначала "сутычку",
"калізію" (на рыцарскім ці, магчыма, паэтычным турніры), а ў
сярэднявеччы пачало ўжывацца для азначэньня асобных частак
(сьпеваў, песьняў, разьдзелаў) баляды. Аднача́сова, *fit* азначае і
"прыступ, прыпадак, сутарга, канвульсія". Такім чынам, Кэралаў
падзагаловак мае двайны сэнс: "Змаганьне ў восем этапаў
(раўндаў, частак, тураў)"/"Агонія ў васьмі прыступах (прыпадках,
корчах, сутаргах)". Абранае намі (з мноства магчымых варыянтаў)
слова "сіпеў" адсылае да сьпеву як часткі гераічнага эпасу, а
таксама — да сіпеньня пры ўміраньні.

2 Гертруд (Гертруда) Чатэўэй (1866–1951) на момант знаёмства з
Кэралам (1875 г.) мела дзевяць гадоў; яна лічыцца другой па
значэньні (пасьля Эліс Лідэл) "музай" Кэрала.

3 У арыгінале гульня словаў са значэньнем слова land, "зямля": 1)
суша, 2) грунт, глеба. Як відаць паводле ілюстрацый Генры Голідэя
да першага выданьня "Снарка", Балабол выпроствае пальцы не
наперад (удалеч), а ўніз, да грунту, ставячы аднаго з чальцоў
каманды на ногі, як лялькавод. Гэтае "расстаўленьне" герояў на
беразе выспы дазваляе задумацца над тым, ці ня ёсьць "Снарк"
свайго кшталту апісаньнем шахматнай партыі, якую вядзе Балабол

супраць нябачнага суперніка (чытача?) з дапамогаю васьмі пешак і караля (чальцоў ягонай экспэдыцыі ўсяго дзевяць) — прынамсі, кніга "На тым баку Люстра", напісаная на некалькі гадоў раней, зьяўляецца апісаньнем такой партыі. У такім разе сюжэт "Снарка" зводзіўся б да падарожжа васьмі пешак на супрацьлеглы край дошкі, цягам якога некаторыя зь іх стаюцца ахвярамі фігураў суперніка: Крывасека, Дзюбдзюба, Снарка і Снарка-Буджума.

4 Балабол — у арыгінале Bellman, "званар", "вястун". Ангельскае слова можа адсылаць як да карабельнага звону (т. зв. "шклянкі"), так і да званочкаў, зь якімі ў сярэднявеччы па гасьцінцах Англіі хадзілі вар'яты, сьляпыя, струплякі, жабракі й г.д., што сьпявалі жаласныя ці жартаўлівыя песенькі. Беларускі пераклад адсылае як да званка (на шыі ў авечкі ці каровы, балабону) ці бразготкі (балаболкі), так да чалавека, які несупынна вярзе абы-што. Кэрал робіць з Балабола правадыра экспэдыцыі — той найбольш гаворыць і мае ў руцэ звон, сымбаль улады над камандай — магчыма, тут прысутная ўласьцівая Кэралу асацыяцыя з школьным настаўнікам.

5 У першым разьдзеле кнігі "На тым баку Люстра" Алеся занатоўвае ў "мэмарандумніку" Белага Караля: *"Белы Вершнік зьяжджае па качарэжцы. Ён вельмі блага трымае раўнавагу"*. Як ён гэта робіць, паказана на ілюстрацыі — падобным чынам з пальцаў Балабола спускаюцца ўніз чальцы ягонай каманды. Адразу пасьля гэтай занатоўкі ў "Люстры" ідзе верш "Жабавокі", які лічаць асноўнаю крыніцаю і папярэднікам "Снарка".

6 Правіла "Тройчы сказанае ёсьць праўдай" вядомае як "правіла Балабола". У старажытным фальклёры можна знайсьці шмат прыкладаў трайной замовы, заклёну, праклёну й г.д. — лічба тры лічылася сьвяшчэннай. Напрыклад, у суніцкім ісламе муж павінен тройчы адрачыся ад жонкі, каб лічыцца зь ёю разьведзеным.

7 Бэрэтчык (*"the maker of Bonnets and Hoods"*) нагадвае Шапавала-Шампавала з абедзьвюх частак "Алесі".

8 У арыгінале Кэрал іранічна называе спрыт Більярднага Маркёра "агромністым", каб дадаць, што дзякуючы яму ён "*мог бы выйграць болей, чым унёс сам*" (а мог бы і ня выйграць) — то бок відавочна, што насамрэч гэты спрыт не такі й вялікі. Як доказ гэтага ў чацьвёртым сіпеве Більярдны Маркёр "*неслухмянай рукой*" намазвае сабе крэйдай кончык носу замест кія.

9 Мяркуецца, што ў гэтым пэрсанажы выявіў сябе сам Кэрал, якому на момант напісаньня паэмы было 42 гады. Пэрсанаж крыху

нагадвае Белага Вершніка зь "Люстра" (разьдзел VIII), ведамага вялікай колькасьцю скрыначак і клункаў — у Белым Вершніку таксама часта бачаць увасабленьне аўтара. Беручы да ўвагі, што паэма жанрава азначаная як "агонія", можна зрабіць высьнову, што адной зь яе тэмаў ёсьць набліжэньне непазьбежнай сьмерці.

10 Тое, што Бабрабой дурань, выяўляецца пазьней у ягоных звышскладаных падліках (гл. выклік "Баброва навука").

11 У арыгінале цытата з п'есы Ў. Шэксьпіра "Юлій Цэзар" (дзея 3, сц. II): *"Friends, Romans and countrymen, lend me your ears — "*

12 Параўнайма з "Алесінымі прыгодамі", разьдзел II: *"Дагэтуль Алеся была на моры толькі аднойчы, але гэтага ёй хапіла, каб зрабіць высьнову, што на ўзьбярэжжы, куды ні паедзь, абавязкова павінны быць купальныя кабінкі, дзеці, якія гуляюць у пяску, за імі — радочак курортных дамкоў, а далей — чыгуначная станцыя"*.

13 Здаецца, што словам ambition (амбітнасьць, славалюбства, мэтаскіраванасьць, працавітасьць) Кэрал адсылае да слова ambient (асяродзьдзе, месца распаўсюджаньня зьвяроў ці расьлінаў), таму мы перакладаем замест "амбітнасьць" — "засяроджанасьць".

14 Цікава, што Кэралавага дзядзьку, які памёр незадоўга да напісаньня паэмы, звалі Робэрт Ўілфрэд Скефінгтан Латўідж, тады як самога Кэрала — Чарлз Латўідж Доджсан. Гэта можа быць яшчэ адным ускосным сьведчаньнем таго, што Булачнік — гэта сам аўтар.

15 У арыгінале — beamish, слова непасрэдна пазычанае з "Жабавокага": *"Come to my arms, my beamish boy — "*

16 Чарговы адсыл да "Жабавокага".

17 Кампут — старажытнабеларускае слова лацінскага паходжаньня са значэньнем «рахунак», «падлік». (Адсюль жа — кампутар.)

18 Магчыма, і тут Кэрал мае на ўвазе "барзюкоў" з "Жабавокага", але замест выразу *"slithy toves"* ужывае проста *"strange creepy creatures"* (дзіўныя брыдкія стварэньні).

19 "Салічны закон" — прававы кодэкс старажытных франкаў з часоў караля Хлёдвіга. У арыгінале стаіць выраз *"ancient manorial right"*, што можна перакласьці як "старажытнае фэадальнае права", аднак нам падалося, што "салічны закон" больш стасуецца да сьвіньні праз сугучнасьць з словам "сала".

20 У арыгінале — фунтаў.

21 Калі Алеся прачынаецца ў XII разьдзеле "Прыгодаў", то прысьнёны *"звон кубкаў з гарбатаю"* ў рэчаіснасьці робіцца *"бразгатам балабонаў на авечках"*.

22 Такое ж імя (Bandersnatch) мае ў вершы "Жабавокі" меч галоўнага героя.

23 У арыгінале mimsiest — яшчэ адно слова з "Жабавокага".

Ᵹ ΨⱣ₵₁Ɫ₵ ₵ᵷ ₓ ₈₵ᵷᵠᵯ (Dh Hunting uv dh Snark),
The Hunting of the Snark printed in the Deseret Alphabet, 2016

Lᵠᵯ ₓ Lᵩᵩₒₛ₵-Ɵₗₐₛ ₐₙᵈ Ψₘₚᵧ ᴺₗₛₛ Pᵒₙᵈ Ᵹₐᵠ
(Thru dh Lüking-Glas and Hwut Alis Fawnd Dher),
Looking-Glass printed in the Deseret Alphabet, 2016

Alice's Adventures in Wonderland,
Alice printed in Dyslexic-Friendly fonts, 2015

Through the Looking-Glass and What Alice Found There,
Looking-Glass printed in Dyslexic-Friendly fonts, 2020

ᐱ₋ᑎᐯ'ᔆ ᐱᕽ/ᓱᒪᒪ ᒍᕽᕮᔆ ᕮᒪᕽ ᕽᕽᒧ ᕽ∖ᔆᗷᕮᐱᑎ ∖/ᑎᒪᕽᕽᗐᔆ₋ᐱᕽᕽᕽ,
Alice printed in a font that simulates Dyslexia, 2015

⼻Ƚ ⼻ᕽᶄᕽ⼻ Ɏ ⼻ᕽᶇᕽⱢ⼻ᒻᒻᕽᕽᕽ Ɏ ⼻ᕽ ᕽᕽᶄᕽᕽᕽᒻ ⼻ᕽᒻ (Ælɪsᴇz
Ædvéntʃuɪz ɪn Wʌnduɹlænd), *Alice* printed in the Ewellic Alphabet, 2013

'Ælɪsɪz Əd'ventʃəz ɪn 'Wʌndə,lænd,
Alice printed in the International Phonetic Alphabet, 2014

Alis'z Advnčrz in Wundland, *Alice* printed in the N̄spel orthography, 2015

•,Ⱡ ⱦ Ꮑ ᒻ ꞁꞁ •.ꞁ:'ᓹ ᓗ ꞁ'' ᓹ ᒻ ꞁ ᒻ ᒻ ᒻ ᒻ ᒻᒻ ᒻ ꞁ ᓹ•.ꞁ ꞁ,
Alice printed in the Nyctographic Square Alphabet, 2011

ᓹ ꞁ'' ꞁ ꞁᓹꞁꞁ ꞁꞁ ᓹ ꞁꞁ•.ꞁꞁ,,
The Hunting of the Snark printed in the Nyctographic Square Alphabet, 2024

Alice's Adventures in Wonderland,
Alice printed in Pitman New Era Shorthand, forthcoming

Alice's Adventures in Wonderland, *Alice* printed in QR Codes, 2018

·ıcı∫'ız ɿʮɾʋꞁʜᴐʒ ɪı ·ʝꞁ₁ᴏcıꞁ (Alıs'əz adventjuːrz ɪn Wʌndərlænd),
Alice printed in the Shaw Alphabet, 2013

Alisiz Advenꞓ₃rz in Wundꝛland,
Alice printed in the Unifon Alphabet, 2014

ᴐꓩXᴧꓯᎶᕽᴐꓩⱵᴐᕽ ꓑᕽꓩꓑᴐꓩᴧꓑᕽ ᕽꓑᴧꓟ (Aliz kalandjai Csodaországban),
The Hungarian *Alice* printed in Old Hungarian script, tr. Anikó Szilágyi, 2016

SCHOLARSHIP

Elucidating Alice: A Textual Commentary on *Alice's Adventures in Wonderland*, by Selwyn Goodacre, 2015

Reflecting Alice: A Textual Commentary
on *Through the Looking-Glass*, by Selwyn Goodacre, 2021.

Engaging the Snark: A Textual Commentary
on *The Hunting of the Snark*, by Selwyn Goodacre, 2024.

Behind the Looking-Glass: Reflections on the Myth
of Lewis Carroll, by Sherry L. Ackerman, 2012

Selections from the Lewis Carroll Collection
of Victoria J. Sewell, compiled by Byron W. Sewell, 2014

SOCIAL COMMENTARY

Clara in Blunderland, by Caroline Lewis, 2010

Lost in Blunderland: The further adventures of Clara,
by Caroline Lewis, 2010

John Bull's Adventures in the Fiscal Wonderland, by Charles Geake, 2010

The Westminster Alice, by H. H. Munro (Saki), 2017

Alice in Blunderland: An Iridescent Dream,
by John Kendrick Bangs, 2010

SIMULATIONS

Davy and the Goblin, by Charles Edward Carryl, 2010

The Admiral's Caravan, by Charles Edward Carryl, 2010

Gladys in Grammarland, by Audrey Mayhew Allen, 2010

Alice's Adventures in Pictureland, by Florence Adèle Evans, 2011

Folly in Fairyland, by Carolyn Wells, 2016

Rollo in Emblemland, by J. K. Bangs & C. R. Macauley, 2010

Phyllis in Piskie-land, by J. Henry Harris, 2012

Alice in Beeland, by Lillian Elizabeth Roy, 2012

Eileen's Adventures in Wordland, by Zillah K. Macdonald, 2010

Alice and the Time Machine, by Victor Fet, 2016

Алиса и Машина Времени (Alisa i Mashina Vremeni),
Alice and the Time Machine in Russian, tr. Victor Fet, 2016

SEWELLIANA

Sun-hee's Adventures Under the Land of Morning Calm,
by Victoria J. Sewell & Byron W. Sewell, 2016

선희의 조용한 아침의 나라 모험기 (Seonhuiui Joyonghan Achim-ui Nala
Moheomgi), *Sun-hee* in Korean, tr. Miyeong Kang, forthcoming

Alix's Adventures in Wonderland:
Lewis Carroll's Nightmare, by Byron W. Sewell, 2011

Aloþk's Adventures in Goatland, by Byron W. Sewell, 2011

Alice's Bad Hair Day in Wonderland, by Byron W. Sewell, 2013

The Carrollian Tales of Inspector Spectre, by Byron W. Sewell, 2011

The Annotated Alice in Nurseryland, by Byron W. Sewell, 2016

The Haunting of the Snarkasbord, by Alison Tannenbaum,
Byron W. Sewell, Charlie Lovett, & August A. Imholtz, Jr, 2012

The Millennium Snark Trilogy, by Byron W. Sewell, 2024

Snarkmaster, by Byron W. Sewell, 2012

In the Boojum Forest, by Byron W. Sewell, 2014

Murder by Boojum, by Byron W. Sewell, 2014

Close Encounters of the Snarkian Kind, by Byron W. Sewell, 2016

TRANSLATIONS

Кайкалдын Јеринде Алисала болгон учуралдар (Kaykaldıñ Cerinde
Alisala bolgon uçuraldar), *Alice* in Altai, tr. Küler Tepukov, 2016

Alice's Adventures in An Appalachian Wonderland,
Alice in Appalachian English, tr. Byron & Victoria Sewell, 2012

Սնարքի Որսը (Snarki Orsë),
The Hunting of the Snark in Eastern Armenian,
tr. Alexander Kalantaryan & Artak Kalantaryan, forthcoming

Ալիս Հրաշալիքներու Աշխարհին Մէջ (Alis Hrashalik'neru Ashkharhin Mech),
Alice in Western Armenian, tr. Yervant Gobelean, forthcoming

Patimatli ali Alice tu Văsilia ti Ciudii,
Alice in Aromanian, tr. Mariana Bara, 2015

Элисәнең Сәйерстандағы мажаралары (Älisäneŋ Säyerstandağı
majaraları), *Alice* in Bashkir, tr. Güzäl Sitdykova, 2017

Алесіны прыгоды ў Цудазем'і (Alesiny pryhody
u Tsudazem'i), *Alice* in Belarusian, tr. Max Ščur, 2016

На тым баку Люстра і што там напаткала Алесю
(Na tym baku Liustra i shto tam napatkala Alesiu),
Looking-Glass in Belarusian, tr. Max Ščur, 2016

Снаркаловы (Snarkalovy),
The Hunting of the Snark in Belarusian, tr. Max Ščur, 2024

Troioù-kaer Alis e Vro ar Marzhoù,
Alice in Breton, tr. Herve Kerrain, forthcoming

Crystal's Adventures in A Cockney Wonderland,
Alice in Cockney Rhyming Slang, tr. Charlie Lovett, 2015

Aventurs Alys in Pow an Anethow,
Alice in Cornish, tr. Nicholas Williams, 2015

Aventurs Alys in Pow an Anethow
Dyllans Dywyêthek Kernowek-Sowsnek,
Alice in Cornish, bilingual edition, tr. Nicholas Williams, 2021

Alice's Ventures in Wunderland,
Alice in Cornu-English, tr. Alan M. Kent, 2015

Maries Hændelser i Vidunderlandet, *Alice* in Danish, tr. D.G., forthcoming

آلیس در سرزمین عجایب (Âlis dar Sarzamin-e Ajâyeb),
Alice in Dari, tr. Rahman Arman, 2015

Äventyrä Alice i Underlandä,
Alice in Elfdalian, tr. Inga-Britt Petersson, 2022

La Aventuroj de Alicio en Mirlando,
Alice in Esperanto, tr. E. L. Kearney (1910), 2009

La Aventuroj de Alico en Mirlando,
Alice in Esperanto, tr. Donald Broadribb, 2012

Trans la Spegulo kaj kion Alico trovis tie,
Looking-Glass in Esperanto, tr. Donald Broadribb, 2012

Les Aventures d'Alice au pays des merveilles,
Alice in French, tr. Henri Bué, 2015

Les Aventures d'Alice au pays des merveilles,
Alice in French, tr. Henri Bué, illus. Mathew Staunton, 2015

De aventoeren fan Alice yn Wûnderlân,
Alice in West Frisian, tr. Tiny Mulder, 2024

ელისის თავგადასავალი საოცრებათა ქვეყანაში (Elisis t'avgadasavali
saoc'rebat a k'veqanaši), *Alice* in Georgian, tr. Giorgi Gokieli, 2016

Alice's Abenteuer im Wunderland,
Alice in German, tr. Antonie Zimmermann, 2010

Die Lissel ehr Erlebnisse im Wunnerland,
Alice in Palantine German, tr. Franz Schlosser, 2013

Der Alice ihre Obmteier im Wunderlaund,
Alice in Viennese German, tr. Hans Werner Sokop, 2012

Balþos Gadedeis Aþalhaidais in Sildaleikalanda,
Alice in Gothic, tr. David Alexander Carlton, 2015

Nā Hana Kupanaha a ʻĀleka ma ka ʻĀina Kamahaʻo,
Alice in Hawaiian, tr. R. Keao NeSmith, 2017

Nā Hana Kupanaha a ʻĀleka ma ka ʻĀina Kamahaʻo
Kope ʻōlelo Hawaiʻi-ʻōlelo Pelekānia,
Alice in Hawaiian, bilingual edition, tr. R. Keao NeSmith, 2022

Ma Loko o ke Aniani Kū a me ka Mea i Loaʻa iā ʻĀleka
ma Laila, *Looking-Glass* in Hawaiian, tr. R. Keao NeSmith, 2017

Aliz kalandjai Csodaországban,
Alice in Hungarian, tr. Anikó Szilágyi, 2013

Ævintýri Lísu í Undralandi, *Alice* in Icelandic, tr. Þórarinn Eldjárn, 2013

L'Aventuri di Alicia en Marvelia, *Alice* in Ido, tr. Gonçalo Neves, 2020

Le Aventuras de Alice in le Pais del Meravilias,
Alice in Interlingua, tr. Rodrigo Guerra, 2020

Eachtra Eibhlíse i dTír na nIontas,
Alice in Irish, tr. Pádraig Ó Cadhla (1922), 2015

Eachtraí Eilíse i dTír na nIontas, *Alice* in Irish, tr. Nicholas Williams, 2007

Eachtraí Eilíse i dTír na nIontas: Eagrán Dátheangach Gaeilge-Béarla,
Alice in Irish, bilingual edition, tr. tr. Nicholas Williams, 2022

Lastall den Scáthán agus a bhFuair Eilís Ann Roimpi,
Looking-Glass in Irish, tr. Nicholas Williams, 2009

Le Avventure di Alice nel Paese delle Meraviglie,
Alice in Italian, tr. Teodorico Pietrocòla Rossetti, 2010

Alis Advencha ina Wandalan,
Alice in Jamaican Creole, tr. Tamirand Nnena De Lisser, 2016

L's Aventuthes d'Alice en Êmèrvil'lie,
Alice in Jèrriais, tr. Geraint Williams, 2012

L'Travèrs du Mitheux et chein qu'Alice y démuchit,
Looking-Glass in Jèrriais, tr. Geraint Williams, 2012

Алисэ Телъыджэщlым зэрыщыlар (Alisė Tel″ydzhėshchĥym
zėryshchyĥar), *Alice* in Kabardian, tr. Murat Temyr & Murat Brat, 2020

Алиса Къужур Дунияны Къыдырады (Alisa Qujur Duniyanı
Qıdıradı), *Alice* in Karachay-Balkar, tr. Magomet Gekki, 2019

Әлисәнің ғажайып елдегі басынан кешкендері (Älïsäniñ ğajayıp
eldegi basınan keşkenderi), *Alice* in Kazakh, tr. Fatima Moldashova, 2016

Алисаның Хайхастар Чирінзер чорығы (Alïsaniñ Hayhastar Çïrinzer
çorığı), *Alice* in Khakas, tr. Maria Çertykova, 2017

Алисакöд Шемöсмуын лоöмторъяс (Alisaköd Šemösmuyn loömtor″ias),
Alice in Komi-Zyrian, tr. Evgenii Tsypanov & Elena Eltsova, 2018

Алисанын Кызыктар Өлкөсүндөгү укмуштуу окуялары
(Alisanın Kızıktar Ölkösündögü ukmuştuu okuyaları),
Alice in Kyrgyz, tr. Aida Egemberdieva, 2016

Las Aventuras de Alisia en el Paiz de las Maraviyas,
Alice in Ladino, tr. Avner Perez, 2016

לאס אב׳יב׳מוראס די אליסייה אין פ׳אאיס די לאס מאראב׳יליײאס
(Las Aventuras de Alisia en el Paiz de las Maraviyas),
Alice in Ladino, tr. Avner Perez, 2016

Alisis pīdzeivuojumi Breinumu zemē,
Alice in Latgalian, tr. Evika Muizniece, 2015

Alicia in Terrā Mīrābili, *Alice* in Latin, tr. Clive Harcourt Carruthers, 2018

Alicia in Terrā Mīrābilī: Ēditiō Bilinguis Latīna et Anglica,
Alice in Latin, bilingual edition, tr. Clive Harcourt Carruthers, 2021

Aliciae per Speculum Trānsitus (Quaeque Ibi Invēnit),
Looking-Glass in Latin, tr. Clive Harcourt Carruthers, forthcoming

Alisa-ney Aventuras in Divalanda, Alice in Lingua de Planeta (Lidepla),
tr. Anastasia Lysenko & Dmitry Ivanov, 2014

La aventuras de Alisia en la pais de mervelias,
Alice in Lingua Franca Nova, tr. Simon Davies, 2012

Alice ehr Eventüürn in't Wunnerland,
Alice in Low German, tr. Reinhard F. Hahn, 2010

Contoyrtyssyn Ealish ayns Çheer ny Yindyssyn,
Alice in Manx, tr. Brian Stowell, 2010

Ko Ngā Takahanga i a Ārihi i Te Ao Mīharo,
Alice in Māori, tr. Tom Roa, 2015

Dee Erläwnisse von Alice em Wundalaund,
Alice in Mennonite Low German, tr. Jack Thiessen, 2012

Auanturiou adelis en Bro an Marthou,
Alice in Middle Breton, tr. Herve Le Bihan & Herve Kerrain, forthcoming

The Aventures of Alys in Wondyr Lond,
Alice in Middle English, tr. Brian S. Lee, 2013

Þurh þe Loking-Glas and What Alys Founde Þere,
Looking-Glass in Middle English, tr. Brian S. Lee, forthcoming

L'Avventure d'Alice 'int' 'o Paese d' 'e Maraveglie,
Alice in Neapolitan, tr. Roberto D'Ajello, 2016

Attravierzo 'o specchio e cchello c'Alice ce truvaie,
Looking-Glass in Neapolitan, tr. Roberto D'Ajello, 2019

L'Aventuros de Alis in Marvoland, Alice in Neo, tr. Ralph Midgley, 2013

Elises Eventyr i Undernes Land: den forste norske Alice:
Elise's Adventures in the Land of Wonders: the first Norwegian Alice,
Alice in Norwegian, ed. & tr. Anne Kristin Lande, 2022

Alice sine opplevingar i Eventyrlandet,
Alice in Nynorsk, tr. Sigrun Anny Røssbø, 2020. OUT OF PRINT

Ocolo id Specule ed Quo Alice Trohv Ter,
Looking-Glass in Sambahsa, tr. Olivier Simon, 2016

'O Tāfaoga a 'Ālise i le Nu'u o Mea Ofoofogia,
Alice in Samoan, tr. Luafata Simanu-Klutz, 2013

Eachdraidh Ealasaid ann an Tir nan Iongantas,
Alice in Scottish Gaelic, tr. Moray Watson, 2012

Alice's Adventchers in Wunderland,
Alice in Scouse, tr. Marvin R. Sumner, 2015

Mbalango wa Alice eTikweni ra Swihlamariso,
Alice in Shangani, tr. Peniah Mabaso & Steyn Khesani Madlome, 2015

Ahlice's Aveenturs in Wunderlaant,
Alice in Border Scots, tr. Cameron Halfpenny, 2015

Alice's Mishanters in e Land o Farlies,
Alice in Caithness Scots, tr. Catherine Byrne, 2014

Alice's Advenchers in Wunnerlaund,
Alice in Fife Scots, tr. Tom Hubbard, 2024

Alice's Adventirs in Wunnerlaun,
Alice in Glaswegian Scots, tr. Thomas Clark, 2014

Ailice's Anters in Ferlielann,
Alice in North-East Scots (Doric), tr. Derrick McClure, 2012

Throwe the Keekin-Gless an Fit Ailice's Funn There,
Looking-Glass in North-East Scots (Doric), tr. Derrick McClure, 2021

Alice's Adventirs in Wonderlaand,
Alice in Shetland Scots, tr. Laureen Johnson, 2012

Ailice's Aventurs in Wunnerland,
Alice in Southeast Central Scots, tr. Sandy Fleemin, 2011

Ailis's Anterins i the Laun o Ferlies,
Alice in Synthetic Scots, tr. Andrew McCallum, 2013

Alice's Carrànts in Wunnerlan,
Alice in Ulster Scots, tr. Anne Morrison-Smyth, 2013

Alison's Jants in Ferlieland,
Alice in West-Central Scots, tr. James Andrew Begg, 2014

Alice muNyika yeMashiripiti,
Alice in Shona, tr. Shumirai Nyota & Tsitsi Nyoni, 2015

Алисаныҥ қайғаллыг Черинде полған чоруқтары (Alisaniñ qayǧallıǧ
Çerinde polǧan çoruqtarı), *Alice* in Shor, tr. Liubov' Arbaçakova, 2017

Alicia's Adventuras en Wonderlandia,
Alice in Spanglish, tr. Ilan Stavans, 2021

Alis bu Cëlmo dac Cojube w dat Tantelat,
Alice in Ṣurayt, tr. Jan Bet-Ṣawoce, 2015

Alisi Ndani ya Nchi ya Ajabu, *Alice* in Swahili, tr. Ida Hadjuvayanis, 2015

Alices Äventyr i Sagolandet, *Alice* in Swedish, tr. Emily Nonnen, 2010

'Alisi 'i he Fonua 'o e Fakaofo',
Alice in Tongan, tr. Siutāula Cocker & Telesia Kalavite, 2014

De Aventure Alisu in Mirvizilànd,
Alice in Uropi, tr. Bertrand Carette & Joël Landais, 2018

Ventürs jiela Lälid in Stunalän, *Alice* in Volapük,
tr. Ralph Midgley, forthcoming

Lès-avirètes da Alice ô payis dès mèrvèyes,
Alice in Walloon, tr. Jean-Luc Fauconnier, 2012

Lès paskéyes d'Alice è payis dès mèrvèyes,
Alice in Central Walloon, tr. Bernard Louis, 2017

Anturiaethau Alys yng Ngwlad Hud, *Alice* in Welsh, tr. Selyf Roberts, 2010

I Avventur de Alìs ind el Paes di Meravili,
Alice in Western Lombard, tr. GianPietro Gallinelli, 2015

U-Alisi Kwilizwe Lemimangaliso,
Alice in Xhosa, tr. Mhlobo Jadezweni, forthcoming

Di Avantures fun Alis in Vunderland,
Alice in Yiddish, tr. Joan Braman, 2015

Alises Avantures in Vunderland, *Alice* in Yiddish, tr. Adina Bar-El, 2018

דרעלנעדנוװ ןיא סערוטנאַוואַ סעסילאַ (Alises Avantures in Vunderland),
Alice in Yiddish, tr. Adina Bar-El, 2018

Insumansumane Zika-Alice,
Alice in Zimbabwean Ndebele, tr. Dion Nkomo, 2015

U-Alice Ezweni Lezimanga, *Alice* in Zulu, tr. Bhekinkosi Ntuli, 2014

www.ingramcontent.com/pod-product-compliance
Lightning Source LLC
Chambersburg PA
CBHW020629250626
47154CB00004B/1742

* 9 7 8 1 7 8 2 0 1 1 5 8 3 *